CW00588306

COLLECTION FOLIO

Jacques Prévert

Grand Bal du Printemps

Charmes de Londres

Gallimard

Jacques Prévert est né à Neuilly avec le siècle. Familier du groupe surréaliste, entre 1925 et 1930, il publia certains de ses poèmes dans des revues. C'est ainsi que le célèbre *Dîner de têtes* parut dans *Commerce*. Mais, faute d'un livre, la plupart de ces poèmes circulaient, tapés à la machine, et presque par tradition orale. Beaucoup d'ailleurs, mis en musique, devinrent des chansons populaires. En 1945 seulement René Bertelé édita un premier recueil, *Paroles*, qui fut un événement.

Grand scénariste, Jacques Prévert est aussi l'auteur, avec, entre autres cinéastes, son frère Pierre, Jean Renoir, Marcel Carné, Jean Grémillon, Christian-Jaque, André Cayatte, Paul Grimault, de plus de quarante films. Parmi eux on peut citer : *L'affaire est dans le sac, Le Crime de Monsieur Lange, Jenny, Drôle de drame, Le Quai des brumes, Ernest le Rebelle, Le jour se lève, Remorques, Les Visiteurs du soir, Lumière d'été, Adieu Léonard, Les Enfants du paradis, Les Portes de la nuit, Sortilèges, Le Voyage surprise, Les Amants de Vérone*, et le dessin animé *La Bergère et le ramoneur*.

Jacques Prévert est mort en 1977. *Grand bal du printemps* et *Charmes de Londres* ont paru pour la première fois sous forme d'albums illustrés par le photographe Izis. Ces deux textes ont été regroupés en 1976 à la demande du poète.

Grand Bal du Printemps

... L'inquiétude que nous inspire pour l'avenir, la tendresse trop passionnée d'un être destiné à nous survivre.

MARCEL PROUST

Pour Izis

Sur une palissade
dans un pauvre quartier
des affiches mal collées
Grand Bal du Printemps
illuminent
l'ombre à un arbre décharné
et celle d'un réverbère pas encore allumé

Devant ces petites annonces de la vie
un passant s'est arrêté
émerveillé

C'est un colporteur d'images
et même sans le savoir
un musicien ambulant
qui joue à sa manière
surtout en hiver
le Sacre du Printemps
Et c'est toujours le même air
intense et bouleversant
pour tempérer l'espace
pour espacer le temps
Toujours le portrait des choses et des êtres
qui l'ont touché

11

Ces choses et ces êtres
ont été touchés aussi
Et malgré sa misère
ce petit monde
avec toute sa lumière
s'est fait une beauté pour lui.

Jacques Prévert

Dans les eaux brèves de l'aurore
où les nouvelles lunes et les derniers soleils

A tour de rôle
viennent se baigner

Une minute de printemps
dure souvent plus longtemps
qu'une heure de décembre
une semaine d'octobre
une année de juillet
un mois de février

Nomades de toujours et d'après et d'avant
le souvenir du cœur
et la mémoire du sang
voyagent sans papiers et sans calendriers
complètement étrangers
à la Nation du Temps.

Chaque année
chaque nouvelle saison souhaite la fête à la ville
et chacune en son temps chacune à sa manière
l'hiver après l'automne l'automne après l'été

Mais on dirait
que le Printemps
lui
ne souhaite à Paris que son anniversaire
la fête de sa jeunesse délivrée de tout lien

Et Paris
qui n'aime guère dans le fond les grandes fêtes officielles
les grandes insolations et commémorations
ni les sanglots trop longs
et qui ne participe qu'avec la plus souveraine
        indifférence à ces grandes réjouissances
quand on présente devant l'Arc de Triomphe
les armes à la souffrance
et
que le soleil astique les cuivres pour rendre sur
    l'Esplanade
la fanfare plus martiale

Paris est fou de joie
quand arrive le Printemps

C'est son enfant naturel
son préféré
et Paris écrit son nom sur les murs
Grand Bal de Printemps comme un cœur sur un arbre
sur la pierre c'est gravé

Printemps de l'école primaire
toujours premier en classe
à parler des vacances
toujours prêt à rompre la glace
mais jamais à rompre des lances

Grand Bal de Printemps
la musique de son nom
à toutes les lèvres est suspendue
Comme un jardin perdu qu'on vient de retrouver
        encore plus beau qu'avant
Et encore plus vivant

Grand Bal de Printemps
Cet air court les ruisseaux et les rues de la ville
c'est le refrain du sang de ses veines populaires
le sang de ses plus vraies artères

Printemps

Toutes ses promesses sont des fêtes
la nuit la belle étoile
pour lui et ceux qui couchent dehors
se fait plus belle encore

Et ce n'est pas sa faute
si les ponts sont trop chers
la vie toujours trop dure
le bonheur plus précaire

Toutes ses promesses sont des fêtes
Il n'est pas responsable du reste.

graffiti

Même si vous ne
le voyez pas d'un
bon œil
le paysage n'est
pas laid
c'est votre œil
qui
peut-être est mauvais.

Tout était désert sur la place du Palais
La cuisine était comme la veille dans la chambre à
        coucher
Et la chambre à coucher dans la salle à manger

Pièces rares
Pièces uniques
Pièces à conserver
Et les grandes eaux de Versailles couraient dans
        l'escalier
A cause du charbon cher
le poêle s'était tu depuis fin février
Dans ses appartements le prince charmant ronflait
Alors sur les gouttières
Les lionceaux de soleil sont venus ronronner

Oasis oasis
Des oiseaux ont chanté
Oasis oasis
Même un coq a chanté

Dans le seau à charbon les fleurs de l'hiver
les soucis journaliers
à l'instant ont fané
Oasis oasis
La Belle jardinière enfin s'est réveillée.

Un jour
non loin du Palais de Justice et de la Préfecture de
        Police
qui depuis longtemps n'existaient plus non plus
un jour il n'y avait plus de marché aux oiseaux
        ni de marché aux fleurs

Un jour il y avait seulement encore
des musées consacrés aux usages d'antan
des musées des choses d'avant
des musées des erreurs

Des étourneaux âgés conduisaient les tout petits
        au musée des oiseaux
et leur montraient des pièges et des cages
des miroirs à alouettes et des volières désertes

Au musée des fleurs
de jeunes plantes grimpaient jusqu'aux larges baies
        vitrées
et jetaient en grimpant un coup d'œil amusé
sur les grandes cloches vides les vieux arrosoirs verts
        les sécateurs rouillés

Au musée de la guerre
des héros de cire perdue

attendaient vainement et à demi fondus
le retour des rares visiteurs qui entrés là un jour par
     mégarde ou erreur
n'y revenaient plus

Au musée des esclaves
des hommes souriant sans la moindre méchanceté
montraient à des enfants
des maîtres en liberté et ne sachant qu'en faire
debout au garde-à-vous regrettant le passé
devant la grande vitrine où était exposée la courte
     échelle des salaires

Au musée de la Justice une vieille balance

Eh là
je vous arrête et c'est une façon de parler
disait à sa cuisinière qui lui contait son rêve avec
     ingénuité
un président d'assises en la tançant du doigt avec
     aménité

Bien sûr c'était un rêve
disait la cuisinière
Mais qu'est-ce que ça peut faire
je fais bien la cuisine
et ma cuisine est vraie puisque vous en mangez

Lui aussi était vrai
ce rêve quand je l'ai fait.

Dans les rues de la ville il y a mon amour. Peu importe où il va dans le temps divisé. Il n'est plus mon amour, chacun peut lui parler.

Il ne se souvient plus qui au juste l'aime et l'éclaire de loin pour qu'il ne tombe pas.

RENÉ CHAR

Il est impossible de parcourir une gazette quelconque, de n'importe quel jour ou quel mois ou quelle année, sans y trouver à chaque ligne les signes de la perversité humaine la plus épouvantable, en même temps que les vanteries les plus surprenantes de probité, de bonté, de charité et les affirmations les plus effrontées relatives au progrès et à la civilisation.

CHARLES BAUDELAIRE

Et boulevard Bonne-Nouvelle
le Chien de l'Écriture
agite son grelot
son ravissant tocsin

Et du sang à la une
et du sang à la deux
et du sang à la trois

Et du sang à la der
et à la der des der

A celle qui se prépare
pour de nouvelles victoires.

De l'amour, de la prédilection des Français pour les métaphores militaires. Toute métaphore ici porte des moustaches.

> *Littérature militante*
> *Rester sur la brèche*
> *Porter haut le drapeau*
> *Tenir le drapeau haut et ferme*
> *Se jeter dans la mêlée*
> *Un des vétérans.*

Toutes ces glorieuses phraséologies s'appliquent généralement à des cuistres et à des fainéants d'estaminet.

CHARLES BAUDELAIRE

Des oubliettes de sa tête
comme un diable de sa boîte
s'évade un fol acteur
drapé de loques écarlates
qui joue pour lui tout seul
rideaux tirés, bureaux fermés
le grand rôle de sa vie
la Destinée d'un déclassé

Et debout sur le trottoir
au promenoir de sa mémoire
il est l'unique spectateur
de son mélodrame cérébral et revendicateur
où la folie des splendeurs
brosse de prestigieux décors

Je n'ai jamais été qu'intermédiaire
mais quel intermédiaire j'étais

J'ai brisé les chaussures de rois très fatigués
pour le compte honoraire des plus grands des bottiers

J'ai été ventriloque dans beaucoup de banquets
pour des orateurs bègues, aphones et réputés
et j'ai mâché la viande de très vieux financiers
et j'ai cassé du sucre sur de très jolis dos

au profit d'un bossu roi du Trust des chameaux
Mais j'ai conduit toutes ces bêtes
dans un si bel abreuvoir
Elles qui n'avaient jamais rien vu
tout à coup se sont mises à voir
tous les visages de l'eau sur les pierres du lavoir
la gaieté d'un vivier et la joie d'un torrent
la lune sur la lagune
et les flots sur les docks les digues et les dunes
le calme d'un étang
la danse d'un ruisseau
la pluie dans un tonneau
Et nous sommes remontés à la source
en passant par le trou d'une aiguille
et en musique s'il vous plaît
car c'était faut le dire une aiguille de phono

Là nous avons trinqué
oasis et mirage
coups de rouge et miroir d'eau
et tout le monde était saoul
chameliers et chameaux

Mais en bas le grand Monde
brusquement émondé
les quatre verres en l'air
le bec de gaz dans l'eau
est resté en carafe
la soif dans le gosier
moignons dans l'étrier
la tête contre le mur des lamentations

Nos chameaux sont partis
jamais ne reviendront.

Les écrivains publics écrivent à la craie sur les murs
les Écrivains du Ciel eux ont l'Imprimatur

graffiti

La rue Payenne dans le quatrième
c'est tout à côté
du Musée Carnavalet
c'est pourquoi des prêtres s'y promènent
sans jamais se faire remarquer.

La passion, et la passion dans ce qu'elle a de plus profond, n'est point une chose qui exige une scène de palais pour y jouer son rôle. Dans les bas-fonds, parmi les mendiants et les racleurs d'ordures, la passion profonde règne.

HERMAN MELVILLE

Par l'avenue des Gobelins et la rue Mouffetard
des siècles ont passé depuis le temps jadis où de sa
      tombe
un diacre qui comme le bourreau s'appelait de Pâris
faisait sur rendez-vous et comme s'il en pleuvait
des miracles à n'en plus finir
des miracles à n'en plus guérir
Et
que les yeux en croix le galop révulsé
en entendant sonner à Saint-Médard
le couvre-feu follet
de Port-Royal la harde des solitaires
des tristes sangliers sans marcassins ni laies
accourait à la hâte échanger des idées
avec les tout derniers miraculés
des coups d'épée dans l'au-delà avec les vieux renards
      de la Saint-Escobar
Mais échangeaient surtout de bien curieux regards
avec les belles convulsionnaires
qui tout à coup guéries du haut mal vertical
et folles d'une joie soudain horizontale
se couchant sur le dos se roulaient sur les tombes
en pleine chambre ardente comme cela devant tout le
      monde
Ces siècles ont passé et les derniers clochards
les derniers vrais truands de la Cour des Miracles

descendent encore aujourd'hui par la rue Mouffetard
vers la rue Saint-Sauveur
discutant le coût du pain et le goût de la vie
et commentant judicieusement le bouleversant prodige
récemment accompli
la Panification de Pont-Saint-Esprit

Maraîchers d'avant guerres
jardiniers du beau temps
du beau temps si lointain
et encore tout récent
Rois mages de la nuit
rois fainéants du soir
En dormant vous traversiez la ville
suspendus dans vos jardins ambulants
près des derniers présents d'avril
pour la fête du travail
la fête de l'ouvrier

Sauvage et rouge la fille de l'Églantier
mariée d'un jour au beau brin de Muguet

Et d'un pas lent et sûr
vos chevaux d'aller et retour
tranquilles vous conduisaient
leur bride dans votre main dormait comme vous
      dormiez
les roues de vos carrosses savaient où vous alliez

Muguets du premier mai
hors de prix sous la pluie
Églantines tricolores et désodorisées
Belle fête du travail sabotée aujourd'hui.

Tant de saisons heureuses
prédites dans le creux de chaque main
tant de bonheur d'un soir déjà un peu ancien
roulé dans la poussière
d'un pauvre lendemain

Tant de fraîcheur
et de beauté
et de confiance et de joie et de gaieté
égorgés un beau jour
tout bonnement
au coin d'un bois de fer de loques et de ciment
en pleine rue
en pleine misère
journellement
officiellement.

Au jardin des misères
sur le sable pourri
d'un square pourrissant
la pelle d'un enfant
trace en signe d'espoir
un petit météore

Non loin du square
à la Fontaine des Innocents
leur sang coule encore

Et puis revient la nuit
des femmes allument la lampe
des chiens remuent la queue
de façon différente.

Un chat, c'est quelque chose!
répondit une voix douce.

GÉRARD DE NERVAL

Et vous irez traîner vos guêtres
le long des voies désertes de la gare de l'Est
Et vous irez errer dans la Salle des Pas Perdus
sans entendre l'écho de votre train disparu
Et vous irez contempler d'un œil mouillé à fond
les terrifiantes aiguilles de l'Horloge de la gare de Lyon

Car

Tout arrive à son heure
sauf le train
quand on n'a pas d'argent pour acheter un billet
Plus le train sera cher
et plus vous le paierez
sans jamais y monter.

APOCALYPSE SELON SAINT LAZARE

   — Bonjour, dit le petit prince.
   — Bonjour, dit l'aiguilleur.
. . . .
. . . .
. . . .

Et gronda le tonnerre d'un troisième train rapide illuminé.

— *Ils poursuivent les premiers voyageurs? demanda le petit prince.*

— *Ils ne poursuivent rien du tout, dit l'aiguilleur. Ils dorment là-dedans, ou bien ils bâillent. Les enfants seuls écrasent leur nez contre les vitres.*

— *Les enfants seuls savent ce qu'ils cherchent, fit le petit prince. Ils perdent du temps pour une poupée de chiffons, et elle devient très importante, et si on la leur enlève, ils pleurent...*

— *Ils ont de la chance, dit l'aiguilleur.*

SAINT-EXUPÉRY

A force de tirer sur la corde elle finit par casser
à force de gâcher du plâtre on finit par le manger
à force de travail on finit par s'user
Et maintenant à qui le tour trépassons la monnaie

Graffiti graffiti
et c'est d'un goût douteux
disait devant la Halle aux grains
un grand officier de Farine à des amis
gros minotiers

Ces gens-là sont extraordinaires
on leur donne du travail et ils nous
le font payer

Ah on ne saurait trop le répéter
la paresse est la mère de tous les vices
mais en le répétant ne jamais omettre d'ajouter
que pauvreté n'est pas vice surtout quand le travail
est son père adoptif

Extraordinaires en vérité
Ils devraient bien comprendre la faveur
qu'on leur a accordée
et avec la bienheureuse Marguerite-Marie
répéter en chœur

*« que vous êtes bon, Divin Sauveur, de m'avoir
mis en état de vous rendre service! »*

*A force de tirer sur la corde
elle finit par casser*

Pour une corde cassée cent mille cordes
renouées neuves ou rafistolées
La toupie de la ville continue à tourner
La ville est un chef-d'œuvre
elle a droit de cité

Et anonymement généreusement largement
ce chef-d'œuvre chaque jour
sa main-d'œuvre le signe
d'un grand paraphe de sueur de fatigue et de sang
et de rires et de lueurs et d'amour du métier

Main-d'œuvre de la ville
grâce à elle
ce qui déjà demain sera des ruines
brille encore de son éphémère et future beauté

*A force de tirer sur la corde
elle finit par casser.*

Suivez le guide suivez le guide

Autrefois dans le temps
l'arbre du bois où fut taillé ce banc
était l'un des piliers d'une lointaine forêt

Maintenant
ce banc sert de socle à l'un des très simples monuments
élevés quotidiennement et très temporairement
sur nos plus belles avenues et nos plus grands
        boulevards
Élevés par le labeur à ses vieux serviteurs
à l'ombre même des plus grands Bâtiments
élevés eux-mêmes par leurs modestes travailleurs

Et vous qui profitez des moindres occasions
pour écouter les moindres battements
de votre grand cœur touristique

Jetez un coup d'œil en passant
sur cette statue de plâtre de sable de ciment
et de chaux hydraulique
Cette statue de chair et d'os
et de charpente usée
et d'heures supplémentaires et d'air raréfié
et d'ampoules aux mains et de sangs retournés
et d'éclats de silex sous les paupières fermées

Mais faites vite gentlemen
ladies and messieurs dames
pour les instantanés
Cet intéressant monument n'est que momentanément
    et fortuitement dressé
Et bientôt au Musée du Kremlin-Bicêtre
à l'asile des vieillards
où sa place est déjà prête
cette statue sera invalidée hospitalisée et entourée
    de mille soins bien mérités
Parfois et surtout le dimanche
un peu de vin
sans oublier quelques nombreuses cigarettes
dans le courant de chaque semaine.

Terrassé par l'injustice
il dort du sommeil du juste

Viens le soir descend

Pas loin
quelqu'un appelle quelqu'un en italien chantant

Mimosas   Napoli

Napoli   mimosa

Refrains de Riviera

Eden Roc.

Étranges étrangers

Kabyles de la Chapelle et des quais de Javel
hommes des pays lointains
cobayes des colonies
Doux petits musiciens
soleils adolescents de la porte d'Italie
Boumians de la porte de Saint-Ouen
Apatrides d'Aubervilliers
brûleurs des grandes ordures de la ville de Paris
ébouillanteurs des bêtes trouvés morts sur pied
au beau milieu des rues
Tunisiens de Grenelle
embauchés débauchés
manœuvres désœuvrés
Polacks du Marais du Temple des Rosiers

Cordonniers de Cordoue soutiers de Barcelone
pêcheurs des Baléares ou bien du Finisterre
rescapés de Franco
et déportés de France et de Navarre
pour avoir défendu en souvenir de la vôtre
la liberté des autres
Esclaves noirs de Fréjus
tiraillés et parqués
au bord d'une petite mer
où peu vous vous baignez

40

Esclaves noirs de Fréjus
qui évoquez chaque soir
dans les locaux disciplinaires
avec une vieille boîte à cigares
et quelques bouts de fil de fer
tous les échos de vos villages
tous les oiseaux de vos forêts
et ne venez dans la capitale
que pour fêter au pas cadencé
la prise de la Bastille le quatorze juillet

Enfants du Sénégal
dépatriés expatriés et naturalisés

Enfants indochinois
jongleurs aux innocents couteaux
qui vendiez autrefois aux terrasses des cafés
de jolis dragons d'or faits de papier plié

Enfants trop tôt grandis et si vite en allés
qui dormez aujourd'hui de retour au pays
· le visage dans la terre
et des bombes incendiaires labourant vos rizières

On vous a renvoyé
la monnaie de vos papiers dorés
on vous a retourné
vos petits couteaux dans le dos

Étranges étrangers
Vous êtes de la ville
vous êtes de sa vie
même si mal en vivez
même si vous mourez.

La nuit des chiffonniers. Je tiendrai la promesse que j'ai faite aux chiffonniers de leur rendre visite. Leur maison brûle. Ces gens sont vraiment aimables. Je ne méritais pas tant d'honneurs : leurs chevaux brûlent. On cherche dans les fossés les trésors que l'on doit m'offrir. Que le feuillage invisible est beau! J'ai fait un geste incompréhensible : j'ai mis ma main en visière sur mes yeux.

PAUL ÉLUARD

Fous de misère
cavaliers d'abattoirs
dames des Halles
abandonnées
reines et rois
du plus bas du pavé
Encore une fois écroulés naufragés
désarçonnés parmi tous les débris d'une trop vieille
        épave
radeau de la misère échoué et médusé

Jeu d'échecs
bois pourri
damier percé

Fous de misère
reines et rois du plus bas du pavé
cavaliers d'abattoirs
dames des Halles abandonnées
reines et rois du plus haut du pavé

Pourtant malgré le désespoir
ils poursuivaient leur vie et voulaient la gagner
La vie qu'ils poursuivaient
c'était leur vie rêvée

Fous de misère

Mais leur vraie vie de plus en plus désespérée
leur vie de chien fidèle
et de chiens policiers
leur petite meute personnelle
les traquait
les pourchassait

Fous de misère

Encore une fois
la misère qui les affolait
pour les calmer
tranquillement les a fusillés
Là sur les berges de la Seine
dans les ruines des plus vieux pavés
mais non sans leur avoir gracieusement octroyé
le plus petit dernier mégot
du plus pauvre des condamnés
avec le dernier verre de l'aigre vin de Mai

Et le soleil compatissant à leurs souffrances
généreusement leur a donné le coup de grâce
Et dans leur sommeil torride
leurs plus accablants soucis
restent en rade
Hélas ce coup de grâce n'est qu'un instant donné
le soleil à son heure doit les abandonner
et dans les derniers feux d'un tendre crépuscule
la police du fleuve
bientôt va les siffler
Fous de misère

Arrachés au sommeil
pauvre gibier trop tôt levé
le cœur battant très mal
comme un mauvais réveil à peine remonté

en courant sur les berges sans savoir où aller
ils parleront tout haut chacun pour soi tout seul
mais chacun dira la même chose
triste et folle
La jeunesse perdue
ou même jamais eue
mais jamais oubliée

Fous de misère
malgré tout attachés à la vie
un espoir enfantin leur tiendra compagnie.

Volets ouverts
carreaux cassés ensoleillés
paroles données promesses échangées
une voix qui se voilait soudain s'est dévoilée
l'autre voix qu'elle caresse connaît ses doux secrets

Volets ouverts
fou rire d'une école tout entière
éclatant au coin d'une rue
merveilleux cris du ramoneur depuis si longtemps
    disparu

Volets fermés
toiles à laver usées
rampes d'escaliers à la boule brisée

Volets ouverts punaises oubliées
Volets fermés
le papillon du gaz recommence à siffler
son refrain bleu et blême
et toute la cuisine tremble
de toutes les cicatrices de ses murs de crasse

Volets ouverts
des lilas plein les bras
et brune et blonde et rousse
une chanson pieds nus traverse la maison

Comme elle a par ailleurs
traversé les saisons

Volets ouverts
on l'entend de partout
c'est l'air de tout le temps
une voix de cristal
dans un palais de sang

Volets ouverts
la maison se réveille
au grand air du Printemps
Et la plus belle eau de vaisselle
sur le plus sordide des éviers
soudain comme une eau vive
se reprend à chanter
et se met à danser
sur les assiettes ébréchées, les fourchettes édentées
et les petites cuillers vert-de-grisées

Musique de blanc de céruse
et de marc de café
et de bleu de lessive
et de noir de fumée
et de noir animal
et d'appétit coupé
Musique de petite braise à nouveau enflammée

Musique de gros sel et d'écorces d'oranges
un rempailleur de chaises
dans une flûte à champagne rescapée d'une poubelle
siffle un grand air de rouge
et c'est un air des Iles Fortunées

Volets ouverts
sorcière la poussière
voltige sur son manche à balai

Volets ouverts
la concierge de sa loge
la regarde voltiger

Volets ouverts
au garde-fou du rêve le soleil s'est penché
Verrous ouverts et refermés
Main chaude de l'amour le long des reins de l'ombre
quelqu'un dans une chambre
doucement a murmuré
Sa main sur mon épaule
c'est tout le sel de la lune
sur la queue des plus heureux des oiseaux
Je ne veux plus partir
je ne veux plus voler
Tourne le dos soleil
et persienne ferme-toi
Toute sa lumière nue
toute sa lumière à elle
sur son lit brille pour moi

Volets ouverts et puis fermés
Amants aimant et amoureux aimés
Volets ouverts et fermés

la clef des songes est sous le paillasson
un petit dieu bien propre
surnommé Cupidon
fait le garçon d'hôtel et l'agent de liaison

Volets ouverts et fermés
au rosier noir d'Éros
une rose a frissonné
la branche où elle rêvait
en deux vient de se casser
Où est-elle la rose
est-elle encore sur l'arbre
ou bien sur le carreau

48

Elle-même ne le sait
son parfum s'est enfui déjà
dans l'air du temps
Qui entend son refrain perdu et lancinant

Volets ouverts et fermés
Deux amants séparés leur couple à peine formé
Volets claquant dans le vent
Pourtant
ils s'entendaient si bien ensemble
chacun parlant tout seul
se taisant tous les deux
Mais un jour il a dit
un mot plus haut que l'autre
Toute sa voix a boité
et elle a répondu
amèrement à cloche-pied
Hélas
Ils parlaient la même langue
sans jamais s'en être doutés
et ils se sont battus
ils se sont expliqués
Volets fermés volets fermés

L'explication fut longue —
la bataille de courte durée
et ils se sont quittés
Chacun d'eux était fait pour s'entendre
mais aucun pour écouter l'autre
Tous deux avaient appris dans les mêmes livres
les merveilles qu'ils disaient
et comme c'étaient les mêmes merveilles
aucun des deux n'était émerveillé

Volets ouverts volets fermés
Sur le carrelage de la cuisine
la voix de cristal s'est brisée
le papillon du gaz recommence à siffler
les chiens près des poubelles s'installent pour souper.

Si le chat joue avec la souris —
disait un Anglais d'autrefois [1]
— c'est pour lui laisser sa chance

Et voilà qu'un grand trusteur de mort aux rats
luttant contre la concurrence
a fait voter la mort des chats
et voilà le bon civet de conserve
étiqueté lapin de Garenne
et la marque Raminagrobis fait prime sur le marché
et voilà les rats affolés
les chats inquiets
et les lapins un peu tranquillisés

Mais l'industrie sanitaire marchant de pair
avec l'alimentaire
dans les grands mélangeurs les rats d'égout sont pris
et monsieur Morora pris en flagrant délit
la main dans le sac de son fric
et convaincu d'empoisonnement à grand rendement
    public

1. For when he takes his prey,
   he plays with it to give it a chance.
                    Christian Smart.

50

Laissé en liberté provisoire il se donne la mort
dans son ossuaire de fer

Et voilà les rats plus tranquilles
et voilà les chats moins inquiets
et les lapins à nouveau affolés
Ce qui est écrit est écrit
Une main sur un mur de la ville
enfantinement avait tout prédit :

— Chat échaudé craint l'eau chaude
ceux qui ébouillantent les chats
devraient être refroidis !

Et ce qu'il voit est si beau
et ce qu'il sait est si vrai
que bien peu peuvent le voir
que bien peu peuvent le savoir
et que beaucoup l'ont oublié

Et la vitre n'est même pas fêlée
elle est simplement brisée

Mais sous les cheveux mal rangés
et que le vent caresse
avec tant de tendresse et de délicatesse
devant cette absence de vitre
devant cet appel d'air
devant cette promesse de liberté
sur le cliché du malheur
déjà
traditionnellement et métaphoriquement
le nez de l'enfant
est écrasé.

Il y en a qui s'appellent
Aimé Bienvenu ou Désiré
moi on m'a appelé Destiné

Je ne sais pas pourquoi
et je ne sais même pas qui m'a donné ce nom-là

Mais j'ai eu de la chance
On aurait pu m'appeler
Bon à rien Mauvaise graine Détesté Méprisé
ou Perdu à jamais.

Un matin
dans une cour de la rue de la Colombe ou de la rue
        des Ursins
des voix d'enfants
chantèrent quelque chose comme ça :

Au coin d'la rue du Jour
et d'la rue Paradis
j'ai vu passer un homme
y a que moi qui l'ai vu
j'ai vu passer un homme
tout nu en plein midi
y a que moi qui l'ai vu
pourtant c'est moi l'plus petit
les grands y savent pas voir
surtout quand c'est marrant surtout quand c'est joli

Il avait des ch'veux d'ange
une barbe de fleuve
une grande queue de sirène
une taille de guêpe
deux pieds de chaise Louis treize
un tronc de peuplier
et puis un doigt de vin
et deux mains de papier
une toute petite tête d'ail

une grande bouche d'incendie
et puis un œil de bœuf
et un œil de perdrix

Au coin d'la rue du Jour
et d'la rue Paradis
c'est là que je l'ai vu
un jour en plein midi
c'est pas le même quartier
mais les rues se promènent partout où ça leur plaît.

Et les hommes mûrs parlent aux fruits verts
qui dans l'arbre du tant bien que mal
se balancent aux agrès du vent

Allons ne nous faites pas mal au cœur
ne jouez pas avec la portière
ne jouez pas avec le feu
ne laissez pas les robinets ouverts
ne prenez pas la fille de l'air
et ne mettez jamais le doigt dans le nez
des personnes qui ne vous ont pas été présentées

Allons allons
N'inventez plus de ces folles histoires
sans queue ni tête ni rien d'utile ni de sérieux

Allons allons
rassurez-nous
ne nous affolez plus soyez logique un peu
épargnez-nous
quand nous avions votre âge on nous a élevés trop vieux
Et cessez de nous poser
perverse ingénuité
vos terribles questions qui nous dévorent des yeux
Fermez les cruelles fenêtres
de vos regards d'eau et de feu

C'est marqué là-haut dans le ciel
on ne pose pas de questions à son Père Éternel.

Une enfant tourne le dos au musée des horreurs
Inquiète
sans rien dire elle appelle sa mère

Dans le plus proche d'elle-même
la mère entend
le silence de ce cri
Et de loin
en souriant
parle à l'enfant

Présages des mauvais âges
effacés sur-le-champ

L'enfant sourit.

A Paris
ces messieurs du Tout-Paris parlent d'or
ces messieurs parlent finances
ces messieurs parlent chiffres
ces messieurs parlent d'art
ces messieurs parlent d'abondance
ces messieurs parlent métaphysique voitures et
        politique
ces messieurs parlent haut
et puis pour parler femmes ces messieurs parlent argot
Ces messieurs hauts de forme et bas de plafond
ces messieurs parlent raison
Leurs dames parlent pointu haute musique haute
        cuisine
haute couture hauts chiffons

Dans les rues de Paris
l'enfant parle grand nègre et petit patapon
l'enfant parle soleil
l'enfant parle merveilles
l'enfant parle silence
l'enfant parle vacarme
l'enfant parle misère
l'enfant parle terreur
l'enfant parle beauté malice douleurs caprices
l'enfant parle amour
l'enfant parle bonheur

l'enfant parle désirs
l'enfant parle faim soif et sommeil
l'enfant parle délire et affaires de famille
l'enfant parle funèbre et larmes de crocodile
l'enfant parle chien savant perroquet érudit chinois de
     paravent
l'enfant parle scandale hôpital carnaval conflagration
     mondiale
l'enfant parle déchirant parle déconcertant
l'enfant parle mystère choquant et déplaisant
l'enfant parle incongru
à son corps défendu

Dans les rues de Paris
l'enfant parle travesti
et nu

Dans les rues de Paris
l'enfant parle moineau
parle crottin de cheval tétanos et vélo
l'enfant parle diable
l'enfant parle odieux
l'enfant
parle rêve et parle vrai parle bien
et parle mal parle fer et parle feu

Dans les rues de Paris
l'enfant parle image et magie
et
dans les images innées de son langage imaginaire
l'enfant découvre le monde
et le monde n'est pas fier
Et quand c'est le grand monde
le grand monde le fait taire.

              Tiroirs des chaises
              diamants des vitriers
              oiseaux des prisonniers
              chemins des écoliers

Dans la rue de Venise y a pas de gondoliers
et pas assez de roses dans la rue des Rosiers
Mais dans la rue d'la Lune
très souvent elle y est

              Tiroirs des chaises
              diamants des vitriers
              oiseaux des prisonniers
              Licornes des lucarnes
              colimaçons des escaliers
              chemins des écoliers

Rue des Petites-Écuries
y a un cheval gris
qui pleure dans son lit
pas assez grand pour lui

              Tiroirs des chaises
              diamants des vitriers
              oiseaux des prisonniers
              Licornes des lucarnes

colimaçons des escaliers
chemins des écoliers

Avenue d'la Grande-Armée
y a un vieux cul-de-jatte
qui vient vendre des lacets.

Les gens sont plus gentils qui se lèvent de bonne heure
gentils aussi comme eux ceux qui travaillent de nuit

Aucun rare bijou de la rue de la Paix
ne laisse sous les cheveux même les mieux ouvragés
une trace aussi douce
que la caresse des premières cerises
sur l'oreille d'une petite fille

        Surtout dis pas merci
        c'est à moi que ça plaît

Doux présent du travail à la fragile beauté

        Détresse d'une enfant
        un instant effacée

        Bientôt les Halles sont vides
        le sang par l'eau lavé

Tous les paniers de fruits au loin sont emportés

        Sur le carreau des Halles
        quelque chose est gravé.

Exilé des vacances
dans sa zone perdue
il découvre la mer
que jamais il n'a vue
La caravane vers l'ouest
la caravane vers l'est et vers la Croix du Sud
        et vers l'Étoile du Nord
ont laissé là pour lui
de vieux wagons couverts de rêves et de poussière

Voyageur clandestin enfantin ébloui
il a poussé la porte du Palais des Mirages
et dans les décombres familiers de son paysage
        d'ombres inhospitalières
il poursuit en souriant son prodigieux voyage
et traverse en chantant un grand désert ardent

Algues du terrain vague
caressez-le doucement.

Le peuple fait la fête
la monte de ses mains l'anime de ses rires la paye argent
     comptant y promène ses amours ses femmes ses
     enfants

Le peuple fait la fête
d'autres font seulement semblant

Le peuple la défait de même qu'il l'a faite et assis au volant
     de ses carrosses mécaniques guide tous leurs chevaux
     vers d'autres places publiques

Ou bien s'il n'est pas du métier la regarde s'éloigner en
     souhaitant qu'elle revienne dans le même quartier
     beaucoup moins onéreuse au moins beaucoup plus gaie

Car la fête a changé

A la porte Maillot le Parc de la Lune a fermé ses guichets
On n'entend plus le cor de ses rouges piqueurs à la
     lisière du bois saluer les visiteurs
Et la Fête à Neuilly elle aussi a renversé la vapeur
Stridents et monocordes perroquets mal dressés les tout
     derniers échos de ses nouveaux flonflons électro-
     diffusés s'égarent et vont crever au pied des marron-
     niers en fleur

Douce euphorie des petits manèges forains
comme tu es loin
Tes pianos étaient mécaniques
ta musique ne l'était point
Théâtres ambulants de la périphérie
où l'on jouait au canevas des féeries et des drames
où sont partis vos acteurs
Sans doute à la radio chanter à contre-chœur pour une
     liqueur publicitaire du nouveau temps des cerises
     l'éternel retour

Petits bals de Suresnes
vos reflets troubles et charmants
ne dansent plus le soir sur la Seine
leurs tremblants ballets de lucioles

Bals du Tourbillon
bals de la Montagne et du Petit Balcon
bals des Gravilliers
bals de Vaugirard où les Bretons valsaient
bals des Auvergnats
bals de Charenton bals de la Glacière
et des Buttes-Chaumont

Pour vous aussi la fête a changé
Et chez vous comme ailleurs on danse à la
machine
à la machine à calculer
Là où il fallait beaucoup de danseurs et beaucoup de joie à
     danser un seul calculateur obtient de chaque figure de
     danse un bon prix de revient
Au bal des jardiniers s'ils payent pas la
danse ou la payent pas assez on leur coupe
sous le pied l'herbe qu'ils ont plantée
Au bal des charpentiers au bal des menuisiers on
     leur rabiote doucement le parquet

Et toi véritable gaieté de la rue de la Gaîté

qui tenais si vraiment le vrai haut du pavé
où t'ont-ils reléguée

Dans ton domaine public
Nana Manon Lescaut la Porteuse de pain
Greta Garbo la Dame de Montsoreau
avec Mimi Pinson et puis Fleur de Marie
se promenaient comme chez elles
et les Deux Orphelines étaient de la famille
Rio Jim et Buridan Malec et Lagardère
se promenaient comme elles
comme elles comme chez eux
Et Fantômas et Robin Hood
Jack l'Éventreur et le Maître d'école
Chéri-Bibi le Chourineur et Richelieu
et Aramis Zigoto et Monte-Cristo
et les Pirates de la Savane les Braves soldats du dix-
     septième
et les Joyeux de Biribi
discutaient avec eux jusqu'à passé minuit

Jetant contre les vitres les cailloux du Petit Poucet
le Kid ouvrait la marche au Vitrier Volant
Madame Bonacieux leur faisait les doux yeux
Et pour elle le soir et le dimanche en matinée par un beau
     clair de lune le Bourreau de Béthune dans un style
     formidable décollait fallait le faire Milady de Winter
Grand Bal du Printemps Mélodie de l'Hiver

Où ont-ils émigrés tous ces grands personnages
si tragiques si marrants et si attendrissants
et si invraisemblables et si vrais par ailleurs
quelque part sur l'instant

Peut-être rôdent-ils le soir sur le blême macadam
du boulevard du Temple dans les radieuses ruines
du boulevard du Crime
Évoquant en souriant le temps où de belles

dames et de non moins beaux messieurs
quittant sans hésiter leurs quartiers
réservés
Venaient voir pour en rire le nouveau mélodrame
où tellement disait-on avait pleuré Margot
Et soudain sanglotant disant pour s'excuser
Margot avait raison
c'est bête à en pleurer
Comme d'autres diront plus tard des premiers
films de Charlot
De quoi mourir de rire tellement c'est idiot

Maladie de l'hiver mélodie du Printemps
Mal du demi-siècle nostalgie dix-neuf cent
Le peuple fait la fête et d'autres font semblant

Aujourd'hui comme avant
La fête des viveurs n'est pas celle des vivants.

Une femme à barbe enceinte des œuvres d'un grand
     roi
somnambule affolée galope sur les toits
les gardes du Palais tirent sur qui la voit

Salves en mon honneur

Et le grand roi se lève et salue son miroir
Tout nu tout mal foutu
un petit avorton le salue en même temps
Il est si mal roulé
si mal tortillé de la brioche
que sa tête dans la glace
tristement il la hoche
Mais les détonations au-dessus des balcons
retentissent encore

Salves en votre honneur
répète l'homme du miroir

Et le grand roi se couche
le grand roi se rendort
et la gloire le berce
de sa mitraille d'or.

Fille de Mars
garçon d'Avril
amoureux de Mai

Dans la ferraille de la Fête
les feux de la Saint-Elme
sur les trolleys crépitent

Fille de Mars
garçon d'Avril
amoureux de Mai

Bercés par le doux fracas du manège
en caressant un rêve
se caressant aussi

Ils s'aiment
pour la vie
Ce rêve est aussi vrai que le vacarme de cette fête
c'est pour la vie qu'ils s'aiment
c'est à cause de la vie
et même s'ils se quittent
elle les a réunis.

Un tout petit cheval

J'ai élevé chez moi un petit cheval.
Il galope dans ma chambre. C'est ma distraction.
. . . .
Parfois il se trouble de se voir si nain. Il s'efface. Ou en proie
  au rut, il fait des bonds énormes et il se met à hennir, à
  hennir désespérément.
. . . .
Mon petit cheval me regarde avec de la détresse, avec de la
  fureur dans ses deux yeux.
  Mais, qui est en faute? Est-ce moi?

HENRI MICHAUX

J'aime mieux
ceux qui lisent
les livres
que ceux
qui les écrivent,
parce qu'au moins
ils en rajoutent.

MARIE

Son nom bientôt inscrit
sur le carnet de bal de la ville de Paris

Un enfant fait ses premiers pas
dans le sang des coulisses
de sa mère endormie

Et sa mère se réveille
et sa mère le berce
se rendort avec lui

Dans la nuit prénatale
à l'horloge des deux cœurs
le sang sonnera l'heure
de son entrée dans le Bal

Une heure ou bien deux heures
ou dix heures ou minuit

Est-ce un rat d'opéra
est-ce une petite souris?

Derrière la foire aux pains d'épices
et en néo-latin qui clame l'honnêteté
un veto est gravé
Plus loin au bas des murs
sur d'autres édifices
d'autres vetos sont affichés

Tours de passe-passe et saints offices
Panem et circenses.

Une chanson si vieille
fredonnée rue de Buci

Mon petit charbonnier
ta femme est-elle gentille?
— oh, Mademoiselle
cent fois plus belle que vous!

Mais le charbon
mais le charbon
la noircit tout

Une chanson si vieille
fredonnée rue de Buci
par une fille si jeune
si jeune et si jolie.

Chevaux aux yeux bleus et mal peints
chevaux à la crinière de crin
traversés d'une barre de cuivre
où le cavalier se tient
vous tournez sans jamais être ivres
et jamais vous ne dites rien
mais déchirante et déchirée
la musique marche sans arrêt
et plantés sur votre plaque tournante
sans jamais l'entendre vous tournez
Le cœur aime la mauvaise musique
et sans doute qu'il a raison
et les chevaux aussi peut-être
qu'ils aiment de drôles de sons.

Paris est tout petit
c'est là sa vraie grandeur
Tout le monde s'y rencontre
les montagnes aussi
Même un beau jour l'une d'elles
accoucha d'une souris

Alors en son honneur
les jardiniers tracèrent
le Parc Montsouris

C'est là sa vraie grandeur
Paris est tout petit.

Les palmes et les branches
les tiges et les feuillages
tout ça c'est les hélices de la terre
qui la font naviguer dans les mers du ciel
Au milieu un grand arbre
n'arrête pas de tourner
Et le bateau La Terre
roule par tous les temps
et pendant son voyage
on voit dans son sillage
des tas de poissons volants
qui nagent dans l'air liquide
et y volent en même temps

Et la lune c'est le phare
pour les traversées de nuit
et le soleil c'est le grand sémaphore avec
ses trois cent soixante-cinq signaux pour
tous les jours multicolores.

Enfants de la haute ville
filles des bas quartiers
le dimanche vous promène dans la rue de la Paix
Le quartier est désert
les magasins fermés
Mais sous le ciel gris souris
la ville est un peu verte derrière les grilles des Tuileries
Et vous dansez sans le savoir
Vous dansez en marchant sur les trottoirs cirés
Et vous lancez la mode
sans même vous en douter
Un manteau de fou rire
sur vos robes imprimées
Et vos robes imprimées sur le velours potelé
de vos corps amoureux
Tout nouveaux tout dorés
Folles enfants de la haute ville
ravissantes filles des bas quartiers
modèles impossibles à copier
Cover girls
colored girls
De la Goutte d'Or ou de Belleville
De Grenelle ou de Bagnolet.

J'aime le printemps à cause de l'odeur et des bruits,
on dirait que tout redevient enfant,
c'est ma plus grande joie de l'année.

L'AVEUGLE DE LA GRANDE SORTIE

Tout était doux
ce matin-là.

Tout semblait revenir
des douches du dimanche.

MOULOUDJI

Et puis encore une fois la joie a déserté le bal

Monsieur Miroir marchand d'habits
est mort hier soir à Paris
Il fait nuit
Il fait noir
Il fait nuit noire à Paris.

PHILIPPE SOUPAULT

Et l'automne et l'été
comme ils étaient venus à leur tour eux aussi sont
     partis
Sur le dos de la misère
le Froid présente sa collection d'hiver
Et c'est bien entendu et tout naturellement
blancs manteaux d'hermine et capes de petit-gris aux
     agrafes d'argent
Et le charbon est hors de prix
beaucoup plus rare que le diamant
vraiment plus cher que le plus rare des renards
     blancs

Mais au cœur secret de la ville
le printemps a gardé ses quartiers d'hiver
et il a donné signe de vie

Une goutte de sang

C'est le nom que les petites fleuristes ont
donné à ce bouton-d'or pourpre caché dans son feuillage
d'un vert si tendrement vivant
Cette fleur inaperçue et tenace le printemps l'a mise à
sa boutonnière de glace
et c'est en souriant comme Alice
qu'il traverse le miroir de l'hiver

La vérité des saisons sort de la bouche du printemps

Neige ma jolie neige
hâte-toi de neiger
Dernières boules de neige et premières oranges
Neige ma jolie neige
Déjà dès aujourd'hui hier s'appelle demain
Neige ma jolie neige
tes cruels sortilèges
ne sont que passagers
un malheur n'arrive jamais seul
et traîne sans le savoir le bonheur par la main

Grand Bal du Printemps
lame de fond du sang

Un acte de naissance
un bateau de papier vient d'appareiller
Seul un mousse est à bord et crie ensanglanté
crie plus fort que la mer
que la mer qui hurlait et vient de se calmer

Lame de fond du sang
et bouteille brisée et champagne versé
L'armateur sur le quai allume une cigarette
Les notables du port viennent le féliciter

On illumine la Tour
une fête est déclarée

Et tout rentre dans l'ordre
Les machines à coudre au Mont-de-Piété
les machines à en découdre sur le chantier
le Saint Sacrifice de la Masse
va recommencer
La fanfare funèbre reprend ses cris d'or frais

Le printemps malgré tout n'arrête pas de chanter

Un beau jour
un beau jour les Chinois ont trouvé la poudre
qui dormait dans un jardin
c'était les miettes de la Foudre
les reliefs d'un festin d'orage
le ciel et la terre avaient choqué leur verre
Les chinois en ont fait bon usage

Aujourd'hui

aujourd'hui
et le Printemps les larmes aux yeux se tait
et puis se met à rire
soudain plus gai

Allez allez
ne ramenez pas tant votre science
Tout le monde ne peut pas tuer tout le monde
Croyez-en ma vieille expérience

Alors
tout saccagé qu'il est
le Grand Bal du Printemps
peut-être
ne fait que commencer.

Charmes de Londres

WATER MUSIC

G.-F. HAENDEL
1685-1759

Venus en visite vous m'avez à peine regardée
et vous direz plus tard que vous me connaissez
Seuls peuvent connaître les secrets d'une ville
les vrais prénoms de sa beauté
ceux qui lui donnent leurs pas sans les compter

Ainsi parle la Ville aux touristes pressés

Quatre fois plus grande qu'une autre
et peut-être quatre fois plus perdue
quand tout son corps s'éveille
pour aller au travail
sur les docks sur les quais les places et les rues
sa tête peuplée de rêves
sommeille encore en d'autres quartiers
où le travail et la misère n'ont pas droit de cité

Mais la Tamise caresse la plante de ses pieds
Alors elle se lève comme une grande fille
la ville aux cheveux roux

la ville des femmes enfants et des hommes flottant
        et caressant du regard sa rivière de mazout de
        sel et de diamants par les fenêtres de ses usines
        elle secoue ses tapis d'Orient
Et quand un voyageur a la chance de lui plaire
elle lui donne les clefs de son musée errant
où le noir animal et le noir de fumée dans
le cul de sac du ciel s'en vont vers la City
s'en vont porter la note du Mauvais Teinturier

Et souriante elle lui dit
Écoute
un remorqueur va siffler dans ses doigts
pour ranimer la simple joie de vivre
d'un vieux marin encore à demi endormi

Vois
sur mes taches de rousseur cette rosée de suie
l'aube est grise
et le matin déjà ressemble au soir comme le soir
        bientôt va ressembler à la nuit
Je ne dis pas ça pour me plaindre
mais

Je ne suis pas venu pour te plaindre
dit l'étranger

Non tu es venu pour me voir
me regarder
faire mon portrait
et peut-être aussi pour m'aimer
D'ailleurs je ne suis pas à plaindre
à mes moments perdus je suis toujours sauvée
Et puis tu sais
j'ai de si beaux jardins d'été
et mes enfants de mes enfants d'enfants
écoutent toujours les très vieilles histoires
de mon jeune temps.

Un gros rat noir, qui avait l'air d'avoir quelque chose à dire au docteur, s'avança timidement le long du parapet du navire tout en surveillant le chien du coin de l'œil. Et après avoir toussé nerveusement deux ou trois fois, brossé ses moustaches et essuyé sa bouche, il commença :

— Euh... euh... vous savez, naturellement, que tous les bateaux ont des rats à bord, n'est-ce pas?

— Oui, répondit le docteur.

— Et vous avez entendu dire que les rats s'enfuient toujours d'un bateau en train de couler?

— Oui, dit le docteur, on me l'a dit.

— Les gens, reprit le rat, en parlent en ricanant comme si c'était quelque chose de déshonorant. Mais vous ne pouvez me donner tort, n'est-ce pas? Après tout, qui consentirait à rester sur un bateau qui coule s'il pouvait se sauver?

— C'est tout naturel, dit le docteur, mais n'avez-vous rien d'autre à me dire?

— Si, répondit le rat, je vais vous dire que nous nous sauvons de ce bateau-ci!

HUGH LOFTING
L'Histoire du Docteur Dolittle

A marée basse un ressort de sommier
brille tordu dans la vase du port
il est rouillé couleur de soleil mort
Autour de lui
imperméables indifférents
tournent des cygnes impeccablement blancs
et l'on entend rauque et strident
leur chant vivant

Demain le rideau du fleuve
se lèvera sur d'autres déchets
les cygnes poursuivront leur ballet
le décor seul aura changé

Tous ses feux sont allumés
mais on ne voit que les fumées
du grand paquebot resté à quai

il n'y a pas de passagers
quel touriste voudrait embarquer
Il n'est peuplé que de soutiers
Parfois l'un d'eux appelle la mer
comme un naufragé hurle Terre
après avoir beaucoup souffert.

Quand le diable fait la cuisine le bon dieu
se met à table
et le pauvre monde nettoie les fourneaux

Humide été de chair et d'os

Et l'eau appelle la soif comme la soif appelle l'eau
comme la source appelle le nuage
comme la rivière appelle la mer
comme la mer hèle la rivière de sa grande voix
d'algues et de sel

Flaques de feu et flammes d'eau.

                   Entrée   Entrance
Éros dirige le trafic de nuit du vieux port de Piccadilly

Love
Love is money chéri

Vénus sortie de l'onde à Newhaven venant de Dieppe
via Saint-Lazare Paris
Vénus tout à l'heure
a frôlé ce marin maintenant endormi
sur les marches du temple élevé en plein air
à la vie de l'amour à l'amour de la vie
Et le marin a le mauvais sommeil

Love
Love is money chéri
Mais Éros le prend sous son aile et lui dit
Qu'est-ce que tu veux c'est le refrain c'est la rengaine
des sirènes de l'ombre
des pauvres reines de la nuit
à Londres comme ailleurs
ailleurs comme à Paris
Elles vivent de leurs charmes
pourquoi en faire un drame
de quoi veux-tu qu'elles vivent ces pauvres petites
     souris

Et c'est Mercure qui fait les prix
à quoi bon te casser la tête
tout ça c'est de la Mythologie
Et le marin dans son sommeil sourit

Éros veille sur lui
comme il veille sur Auguste à la recherche de
Narcisse dans les derniers feux de la piste
de Piccadilly Circus
où le bel adolescent vêtu de,haillons noirs et
fort bien coupés
sous le manteau
offre à qui sait les voir
les mille et un portraits de Dorian Gray.

Eau
eau des jets d'eau
eau des miroirs d'eau
eau des viviers des fleuves des ruisseaux des éviers et
des bassins des hôpitaux
eau des puits très anciens et des pluies torrentielles
eau des écluses et des quais de halage
eau des horloges et des naufrages
eau à la bouche
eau des yeux grands ouverts sombres et lumineux
eau des terres de glace et des mers de feu
eau des usines et des chaudières
des cuisines et des cressonnières
eau douce des navires eau vive des locomotives
eau courante
eau rêveuse vertigineuse
eau scabreuse
eau dormante réveillée en sursaut
eau des typhons des mascarets des robinets des raz de
    marée des lames de fond
eau des carafes sur les guéridons
eau des fontaines et des abreuvoirs
Eau
quand tu danses à Londres en été dans le noir
tes feux follets racontent une si triste histoire

une si vieille histoire comme la Tamise en raconte aux
    enfants

Feux follets d'Ophélie
Folie du pauvre Hamlet
Dans un ruisseau de larmes
une fleur s'est noyée
Dans un ruisseau de sang
le soleil s'est couché
quelque chose de pourri voulait le consoler

Plutôt étouffer un enfant au berceau que de bercer d'insatisfaits désirs.

WILLIAM BLAKE

Tremblantes statues de sang vêtues de vêtements
et liées un instant
dans les premières lumières de Trafalgar Square

A voix basse
Elles échangent des promesses des questions des
      plaintes et des cris
Dérisoires mots de passe de l'amour défendu
pas une de ces plaintes qui se voudraient heureuses
      n'ose se montrer nue
Depuis des siècles dans la bonne société il est d'usage
      qu'une grande compagnie d'assurances matri-
      moniales prenne à sa charge tout le cérémonial
      de l'amour sur mesure garanti sur facture
Anneaux d'or contrôlés fidélité immobilière serments
      tenus en laisse avec beau pedigree
Bientôt si tout va bien comme cela Doit aller
au Bal des Convenances un bal sera donné
et chaque pas de la démarche nuptiale sera réglé
      d'avance et degré par degré
Mais l'amour est l'amour et la danse est la danse
Peut-être entendront-ils la voix du petit dieu du
      Cirque de Piccadilly

N'écoutez pas Monsieur Loyal
n'écoutez pas Monsieur Légal
n'attendez pas qu'il règle votre entrée sur la piste
Aimez-vous dès maintenant
et ne faites pas semblant aimez-vous tout de suite
et quand l'heure sonnera quittez-vous bons amants
et puis retrouvez-vous si le cœur vous le dit
bons amis pour longtemps
très longtemps dans la vie.

La force de l'inertie et la détresse acquise
l'ont guidé jusqu'ici
Déjà demain commence
mais demain il l'oublie
comme il oublie hier aujourd'hui et sa vie
Évadé perpétuel de la plus mauvaise chance
encore une fois il a conduit
aux abattoirs du rêve et de l'indifférence
son bétail de souffrance et de petits ennuis.

Les hommes et les femmes de ce pays ne sont sans doute pas d'une autre essence que le commun des Européens, mais ils ont raison de cacher leur vrai visage devant les surprises de la rue et de chercher soigneusement, en regardant si personne ne les voit, la porte basse où l'on entre dans la fantaisie illégale

PIERRE MAC ORLAN

Déjà
le bruit de la première bouteille posée sur la
pierre fraîche et nue a réveillé toute la rue
Et la petite voiture n'aura pas tourné le coin de cette
     rue
que partout le lait aura disparu

Et la rue redeviendra déserte

Mais des fenêtres d'une cuisine
une voix toute jeune s'envolera
comme d'une cage par mégarde entrouverte
un oiseau triste et fou de joie

Et l'automne attendait l'hiver
le printemps attendait l'été
et la nuit attendait le jour
et le thé attendait le lait
et l'amour attendait l'amour
et j'étais seule et je pleurais

Et comme l'oiseau qui n'a jamais su voler se cognant
     contre un arbre meurt à l'orée d'un bois
cette voix toute neuve et déjà désolée
dans la brève lumière du petit matin vert
elle aussi se perdra.

Tout le monde le connaît bien
A la Foire aux Chiffons dans la Ruelle au Jupon et
        dans la Fosse aux chiens
A cause de sa barbe de fleuve on l'appelle
        le Père Tamise
pourtant il n'a jamais vu la mer
il a seulement navigué dans la rue de la Perle et la rue
        de la Rose
dans la rue de l'Agneau et la Cour du Berger

Et chaque matin dans le jardin de Peter Pan
ce vieux gentleman déjeune avec un oiseau de ses
amis tout en lui racontant sa vie
L'oiseau n'y comprend rien mais l'écoute très poli
D'accord l'Oiseau
dit le vieux gentleman qui sourit
moi non plus je n'ai pas vécu pour comprendre
moi non plus je n'ai jamais rien compris à ma vie
Quand elle m'a abandonné à moi-même
j'étais encore trop petit
J'ai eu beau m'accrocher à ses jupes
seul un lambeau de chiffons m'est resté dans les mains
Longtemps je l'ai gardé en souvenir d'enfance
Plus tard je l'ai vendu pour une bouchée de pain
Tu vois oiseau
moi non plus je n'ai jamais rien compris à ma vie

mais malgré tout malgré elle malgré moi
elle a tout de même été un peu vivante
cette vie-là
et moi je n'ai jamais été tout à fait orphelin

Alors
bientôt peut-être en la quittant
j'aurai encore un peu de chagrin.

Toute la mer
dans la bière soudain avait tourné
et le gin avec elles s'était mis à valser

Aux écluses du sang un cœur s'était brisé.

Haute en couleur
la voix du marchand ambulant
courant le long des briques comme un oiseau grimpeur
s'en est allée
dire à l'enfant que les fleurs l'attendaient

Et l'enfant a choisi le plus beau des bouquets
pour souhaiter bonne fête à l'Été.

En passant
quelqu'un a dit d'elle
Si fraîche si jolie on dirait une fleur

Pourquoi dire on dirait

De même que dans ces caisses tous ces fruits sont
     des fruits
cette enfant est une fleur
une fleur de la vie

Menacée comme chaque fleur
on dirait qu'elle le sait

Pourquoi dire on dirait

Elle se sait menacée
souvent la mauvaise chance traîne dans le quartier
sifflant la même romance entre ses dents serrées

Tout ce qu'une enfant sait
si elle le disait

Non loin de là
énorme et mort
sur son catafalque de glace

un crabe tourteau d'un rouge tenace semble dormir
     encore
Et la chorale de l'Armée du Salut debout en rond
     devant la poissonnerie on dirait qu'elle chante
     pour lui

Pourquoi dire on dirait

Sans aucun doute ce petit chant funèbre jovial et
     rassurant le concerne tout particulièrement

Bon voyage bonne nuit
nous te serrons la pince nous sommes tes amis
tu peux dormir tranquille sans le moindre souci
c'est le bon dieu Neptune qui t'a rappelé à lui.

Le tournesol est une fleur, le tournevis
un outil, le tourne-pierre un oiseau
le tourne-obus est un homme.

Tourneur de ritournelles
comme d'autres de cuivre ou de porcelaine
un gentleman en nabinoir dans les plus riches quartiers
     travaille surtout le soir
Et la très Mauvaise musique de son clavecin
     mécanique entraîne le mélomane dans un autre
     domaine que celui du savoir
Alors le mélomane à juste titre irrité
comme il paierait pour passer un pont
jette une méprisante pièce de monnaie
pour acheter le droit d'oublier la chanson

Bien sûr un homme peut perdre la mémoire
surtout quand il a les moyens
mais la mémoire peut égarer un homme
tout aussi bien
Et le voilà comme dans la Tour de Londres prisonnier
     de cet air grégaire et méprisé
de cet air de cordes et de cuivre et d'espoir et de vent
et de rêves brisés de jeunesse perdue de beauté saccagée

Et il a beau presser le pas les épaules levées et la tête
   hochée des souvenirs en foule en dansant devant
   lui l'empêchent d'avancer

   Alors il les suit et se laisse emporter comme un
enfant très distingué entraîné malgré lui par une
nurse un peu saoule soudain follement heureuse
d'être si mal élevée dans le sauvage jardin des fées
en pleine Vulgarité

Et d'autres dans d'autres rues s'en vont
accompagnés d'autres chansons

Au loin est l'horizon
verticaux nous passons

Et nous allons et nous venons
nous nous suivons nous nous croisons
Parfois sans nous voir
nous nous heurtons
et sans nous entendre
nous nous excusons

au loin est l'horizon
verticaux nous passons

les uns ont l'heure
et n'ont pas le temps
les autres ont le temps
et n'ont pas l'heure
les uns portent une jaquette
les autres un sac sur le dos

au loin est l'horizon
verticaux nous passons
et les uns et les autres font marcher le commerce

comme le commerce aussi les fait marcher
les uns à la baguette
les autres à coups de pied

Verticaux nous passons
au loin est l'horizon

Autrefois dans cette ville il y eut l'Incendie
Aujourd'hui de nos jours c'est un peu l'accalmie
contre un mur il y a une bicyclette
autrefois dans cette ville il y eut aussi la Peste

C'était en 1664 que cela avait commencé...

... Et l'auteur de Robinson Crusoé un peu plus tard écrivait :

*Je pense que tout le monde aura entendu parler du fameux
Salomon Eagle, le fanatique illuminé, quoique non atteint lui-
même, il parcourait la ville en annonçant le Jugement de
Dieu sur elle de manière à faire peur, quelquefois complètement nu, avec une casserole de charbons ardents posée sur la
tête.*

Aujourd'hui
Robinson Crusoé Napoléon Premier dans leurs îles
      respectives survivent de l'air du temps de la
      Prospérité l'un avec Vendredi l'autre avec Hudson
      Lowe pour ne pas faire mentir le proverbe on ne
      choisit pas toujours ses amis

Aujourd'hui
et déjà depuis un bon petit bout de temps la Peste et
      l'Incendie ont déposé leur bilan
aujourd'hui le chômage et la guerre
la guerre et l'après-guerre la misère tamisée ont
      repris les Comptoirs de la Prospérité
mais les temps héroïques n'ont pas tellement changé

109

les plus belles chansons de geste ont gardé les mêmes
    gestes la même fière allure le même pas décidé

Et dans une allée cavalière
s'en vont deux chevaliers
s'en vont un grand seigneur et son grand Fauconnier
Armés de pied en cap et l'épée au côté dans son
    fourreau de soie
        vont-ils au Stock-Exchange faire valoir leurs
        droits.

Un sage ne voit pas le même arbre qu'un fou.

WILLIAM BLAKE

Hyde Park.

Comme la mer aussi bien se roule sur le sable
ici les amoureux agissent comme bon leur semble

Et nul ne leur demande
si c'est pour une nuit ou bien pour un moment
personne ne leur parle du prix de cette chambre
de velours vert vivant

Hyde and Jekyll Park
Éden public où l'on entend jour et nuit en sourdine
    le Devil save the Dream.

*Si le jour persévérait dans sa
Folie il rencontrerait la sagesse.*

WILLIAM BLAKE

Il n'a plus qu'une seule vie à vivre
alors il prend son temps
et fait durer le plaisir

Il a déjà vécu six fois
mais cela ne lui a pas servi de leçon
Pour lui
la douleur qui s'oublie est la sœur du désir
Aussi
quand il consent à rallumer la lanterne magique de
        ses vies antérieures c'est tout bonnement pour
        voir danser leurs plus voluptueux souvenirs.

Arbres
grands arbres de Londres
comme les derniers bisons vous êtes relégués
très loin derrière les grilles
de vos grands parcs réservés

Arbres
grands arbres de Londres
vous êtes en exil
vous attendez l'orage quelqu'un à qui parler
du Règne végétal aujourd'hui menacé

Mais des enfants arrivent
courant vers l'oasis de fraîcheur de lumière
laissant loin derrière eux
les fumées de la ville et ses déserts de pierre

Vacances de printemps
Trêve verte de l'été
Arbres de Londres vous souriez
car les enfants vous aiment comme vous les aimez
sans chercher à comprendre ce qu'ils ont deviné

Arbres de Londres
chefs-d'œuvre du vieux musée des eaux et des forêts.

Oh Folie
os fêlés
Le Cimetière est désert
les tombes dépareillées.

Orphéons et Fanfares jouez-nous encore une fois
cet air fou d'autrefois
cet air si déchirant enluminant le Temps

Oh Folie
os fêlés

Dans sa boîte crânienne
au couvercle doré
un prince s'est enfermé
Dans sa cage cérébrale
il ne cesse de tourner
Une folle fille d'Éros
voudrait le délivrer
Si la cage est fragile
les barreaux sont solides
elle a beau les secouer.

Oh Folie d'Ophélie
os fêlés d'Hamlet.

Le jardin aussi est abandonné
l'herbe aux chats est flétrie
le tapis est usé
aucun fantôme anglais n'y poserait le pied
Dans ce fouillis statuaire dans ce rebut de fer un
antiquaire lui-même ne retrouverait pas ses petits

Mais l'arbre que les enfants appelaient autrefois
    l'éléphant
est toujours là
là comme avant
les pieds sur terre la trompe au vent.

Et le vieux lion de pierre non plus n'a pas changé
et toujours il écoute la nuit dans le jardin
les choses qui ne répondent à rien
parler aux choses qui ne veulent rien dire
aux choses qui n'ont pas de nom
et pas le sens commun.

Chevaux
chevaux de bois
chevaux de pauvre fête
chevaux de vive joie
Vous aviez tant foulé l'herbe de la misère dans la
      zone implacable des manufactures
entraînant en musique ses enfants éblouis
amazones en loques et jockeys faméliques
dans les forêts du rêve les jardins de l'oubli
Pays imaginaires
leur unique patrie

Chevaux de pauvre fête
chevaux de vive joie
vous étiez au rancart jetés hors du tournoi
Déjà l'équarrisseur
venait comme un bûcheron prendre vos dimensions

Mais
si l'homme comme il le dit l'a lu et l'a écrit dans
      ses grandes écritures
le jour où sonne l'heure qu'il appelle sa dernière tout
      comme le balai retrouve la poussière
Vous autres qui ne savez ni lire ni écrire
chevaux décapités
vous aviez la tête dure

vous aviez plus d'un tour dans votre sac de sciure
Un vieux vétérinaire un rebouteux des bêtes avec de
        vieux outils vous a remis à neuf
Et en route pour la Fête
vous retournez en course couronnés comme des rois
Il ne pouvait prévoir l'équarrisseur parti
        sans demander vos restes
l'éternel aller et retour des chevaux de la joie.

Émigrants de l'enfance
partis bien malgré eux pour les terres promises de la
    longévité
dans la fête foraine de la vie quotidienne où tant de
    pipes en terre s'envolent en éclats
ils ont tenu leur rôle au Guignol des Saisons
Ce n'était pas très gai
le rideau de la nuit sur le décor du jour sans cesse
    retombait
Dans le décor du soir un buffet vide hurlait
la peur du lendemain venait frapper trois coups pour
    dire ça recommence
et l'espoir esquissait un pauvre pas de danse
La Baraque de la Mort leur faisait concurrence

Entrez Entrez Entrez
Attraction éternelle Spectacle permanent
La Rivière Mystérieuse on ne paye qu'en passant
Entrez Entrez Entrez
La Vie quand elle s'ennuie la Mort est son passe-temps

Ils gardaient le sourire leur bien le plus précieux
comme on garde en souvenir le désir d'être heureux
Dans les mauvais tournants du labeur acharné
les chevaux fous de la jeunesse
ne les avaient jamais laissés tomber

A leur crinière de bois ils s'étaient cramponnés
en écoutant chanter joyeuses et éraillées
leurs grandes vieilles orgues de carton perforé

Le Bonheur est parti
on le demande ailleurs
Mais la Terre est trop petite pour un trop grand
      malheur
Le Bonheur en partant
a dit qu'il reviendrait

Toujours ils l'attendaient.

Câble confidentiel
extrait

Que voulez-vous quand plafond trop noir quoi bon
        lever les yeux plafond   stop
Autant cogner tête contre muraille du son   stop
Sommes pas seuls ennuyés   stop
Amis héréditaires dernières hostilités grosses
        difficultés   stop
Ennuis de nos amis sont aussi nos amis enfin me
        comprenez   stop
Malle des Indes en souffrance ainsi de suite et j'en
        passe   stop   mais bien considérer bombes
        atomiques sommeil valises diplomatiques   stop
Industrie des Réveils prête à intervenir   stop
Cas regrettable éventualité nouveau feu artifice mondial
        agir avec doigté pour éviter bouquet
        stop
D'accord votre objection millions vies humaines pas à
        négliger mais Intérêt Supérieur prime sur le
Marché   stop
Sang versé Trésorerie sera toujours très honoré
Au cas beaucoup trop d'œufs dans omelette
flambée verser profits et pertes comme par le passé
stop.

... *car il n'y a qu'un sot orgueil et un cœur rétréci qui dénient toute valeur d'art à l'art qui plaît aux humbles : ce que j'entends surtout par le caractère populaire de la musique de Hændel. c'est qu'elle est vraiment conçue pour tout un peuple. et non pour une élite de dilettantes comme l'opéra français entre Lully et Gluck. Sans jamais se départir d'une forme souverainement belle. qui ne fait nulle concession à la foule elle traduit. en un langage immédiatement accessible à tous. des sentiments que tous peuvent partager.*

Notre époque a perdu le sens de ce type d'art et d'hommes : de purs artistes qui parlent au peuple et pour le peuple. non pour eux seuls et pour quelques confrères.

ROMAIN ROLLAND

City Lights.

CHARLIE CHAPLIN

La machine rouge avance. Elle a l'air de grossir, de s'enfler. Cet autobus qui dans Regent Street n'était rien devient à mesure qu'il avance un personnage important, dominant, écarlate. Il pénètre dans du gris. Où sont les maisons? On ne les voit plus. Un brouillard percé de trous. L'autobus plus rouge que jamais, tel un Dieu s'avance et fait fuir les chiens et les enfants. Quelques soldats qui passent dans la rue ont l'air d'en sortir.

Le Rouge Anglais ça sauve Londres.

FERNAND LÉGER

I

Comme c'était prévu
d'après le calendrier
l'Été est arrivé
l'Été qu'on attendait
Mais il avait trop bu
et même il titubait.

II

Une grande vague de chaleur
qui l'avait racolé
dans un vieux port du Sud
dansait à ses côtés
Mouvementée inerte
maussade et obstinée.

III

Elle chantait la Fête
comme on chante pour pleurer
Elle s'est couchée sur Londres
et s'est mise à ronfler

Il l'appelait sa petite chatte
disait qu'elle ronronnait.

IV

Mais les fontaines de Londres
à leur tour ont chanté
Vacarme de fraîcheur
tumulte de gaieté
De très mauvaise humeur
la Vague s'est réveillée.

V

Blême et démaquillée
en découvrant l'Été
dégrisé rasé de frais
qui lui riait au nez
elle a fondu en larmes
c'est tout ce qu'il voulait.

VI

Et il la laissa fondre
et s'en alla dans Londres
avec une petite pluie
toute neuve et très gaie
et cette jeune pluie
lui changea les idées.

Un petit mendiant
demande la charité aux oiseaux

Oh
ne me laissez pas la main pleine
je resterai là jusqu'à la nuit s'il le faut

Et il y a dans son regard une lueur de détresse

cette lueur
un oiseau la surprend

Tout à l'heure
par pure délicatesse et sans avoir grand faim il s'en
    ira à petits pas prudents manger dans la main
    de l'enfant le pain offert si simplement

Et la joie allumera tous ses feux dans les yeux du
    petit mendiant.

Et tant pis si ça vous fait rire
c'est marqué sur mon chapeau
Songs of Caruso

Oh
Songs of Caruso
Je me suis donné tant de mal
je n'avais rien d'autre à m'offrir
Mais ce joli cadeau
avec vous gens de Bien
je veux bien l'échanger
si vous savez souffrir

Oh
Songs of Caruso
Un jour j'irai à la Cour d'Angleterre
        et je leur jouerai mon grand air
        de générosité
        un air de froid de faim et d'amour en allé
Et je garderai mon chapeau sur la tête
pendant tout le temps que je jouerai
et puis sans faire la quête
très vite je partirai

Oh
Songs of Caruso
ça sera toujours ça de gagné.

Nos négociants m'ont assuré qu'avant douze ans un garçon ou une fille n'est pas du tout de défaite; et même à cet âge ils ne valent pas plus de trois livres, ou tout au plus trois livres et une demi-couronne, à la Bourse, ce qui ne saurait indemniser les parents ni le royaume, les frais de nourriture et de guenilles valant au moins quatre fois autant.

Je proposerai donc humblement mes propres idées qui, je l'espère, ne soulèveront pas la moindre objection.

Un jeune Américain de ma connaissance, homme très entendu, m'a certifié à Londres qu'un jeune enfant bien sain, bien nourri, est, à l'âge d'un an, un aliment délicieux, très-nourrissant et très-sain, bouilli, rôti, à l'étuvée ou au four, et je ne mets pas en doute qu'il ne puisse également servir en fricassée ou en ragoût.

J'expose donc humblement à la considération du public que des cent vingt mille enfants dont le calcul a été fait, vingt mille peuvent être réservés pour la reproduction de l'espèce, dont seulement un quart de mâles, ce qui est plus qu'on ne réserve pour les moutons, le gros bétail et les porcs; et ma raison est que ces enfants sont rarement le fruit du mariage, circonstance à laquelle nos sauvages font peu d'attention, c'est pourquoi un mâle suffira au service de quatre femelles; que les cent mille restant peuvent, à l'âge d'un an, être offerts en vente aux personnes de qualité et de fortune dans tout le royaume, en avertissant toujours la mère de les allaiter copieusement dans le dernier mois, de façon à les rendre dodus et gras pour une bonne table. Un enfant fera deux plats dans un repas d'amis; et quand la famille dîne seule, le train de devant ou de derrière fera un plat raisonnable, et assaisonné avec un peu de poivre et de sel, sera très-bon bouilli le quatrième jour, spécialement en hiver.

J'ai fait le calcul qu'en moyenne un enfant qui vient de naître pèse vingt livres, et que dans l'année scolaire, s'il est passablement nourri, il ira à vingt-huit.

J'accorde que cet aliment sera un peu cher, et par conséquent il conviendra très-bien aux propriétaires, qui, puisqu'ils ont déjà dévoré la plupart des pères, paraissent avoir plus de droits sur les enfants.

JONATHAN SWIFT

Quand Sir Jack l'Éventreur téléphonait aux dames de
Mayfair ou de Piccadilly
ce n'était jamais libre pour lui
pourtant il ne disait que son nom d'homme de bonne
    compagnie
Alors il se rabattait sur d'autres voix de
    communications
Worthworth street Devil street Détresse street et
    Death street étaient ses lieux de prédilection
Et dans les nuits de White Chapel ou d'un autre
    quartier
sordide abandonné
il s'en allait tout pâle mais d'un pas très léger
avec ses chiens d'arrêt et ses piqueurs vêtus de rouge
    éteint
sur la trace d'Anne la Baleine ou de Catherine Hasard
    ou de Daisy Satin
ces reines du trottoir héritières de misères princesses
    de mauvais sang
Et
c'était encore une fois la femme changée en renard
ou la renarde de Mary
dans la lande de Londres hurlant à l'Hallali
Allô Allô ne coupez pas n'éventrez pas je vous en prie
On éventrait

Sir Jack l'Éventreur n'éventrait pas lui-même bien
qu'il en eût une folle envie
Il enlevait ses gants et laissait faire ses gens
Une fois la chose faite son linge si fin si blanc n'était
jamais souillé d'une seule goutte de sang

Et plus tard au club songeant déjà à d'autres fêtes
dans les mêmes quartiers il commentait avec
beaucoup d'humour les bonnes fortunes de ce
Don Juan de carrefour qui abandonnait ses
conquêtes sans même leur laisser un portrait
Et il évoquait Henri VIII qui n'était pas si discret
L'un des deux a son nom dans l'Histoire et l'autre
son surnom dans le Times
qui de ces deux grands amoureux aura le plus de
gloire
Dieu seul le sait.
Mais depuis
tant de Times ont paru et paraissent encore avec tant
de manchettes ensanglantées
tant d'officielles menaces de mort
que personne ne prend plus la peine de relever ses
manches pour les feuilleter
Tant de gens ont été éventrés historiquement
rationnellement
et pas seulement à Londres mais partout dans le monde
sous des pavillons différents
comme aux Halles
les viandes à l'étal sous des pavillons concurrents
que le plus angoissant fait divers qui faisait frémir
l'Angleterre
tout entière est maintenant relégué au magasin
des accessoires
pittoresques et surannés dans le tiroir légendaire des
vieux souvenirs attendrissants et balnéaires
C'est pourquoi
quand un passant entend parfois

le refrain désuet et naïf de la complainte de Jack
    Knife [1]
il s'arrête un instant et sourit
et puis poursuit sa route en fredonnant allégrement ce
bon vieil air du bon vieux temps
Et c'est pourquoi déjà en mil neuf cent vingt-cinq
un vieil ami de Londres Pierre Mac Orlan
disait avant de refermer son beau livre d'images sur
la Tamise

    ... *Toutes les nations sont arrivées à l'extrême limite de leur
tension nerveuse.*
    ... *aujourd'hui le sang a perdu sa valeur normale. Le sang
d'un homme provisoirement et selon les lois traditionnelles ne
vaut plus rien. Le sang trop répandu a émoussé la sensibilité de
tout le monde et la menace de le verser à nouveau ne cor-
respond plus à rien.*

---

1. Jack ou Jack-Knife : couteau de poche commutateur employé dans les
lignes téléphoniques pour établir la communication entre deux abonnés.
« Larousse pour Tous. »

La reine des éponges
disait au roi Neptune
je donnerais ma fortune
pour un morceau de savon.

Petits astres silencieux tremblants multicolores où la
musique du soleil fait entendre son désaccord avec
le ciel gris du décor

La Reine des éponges
disait au roi Neptune

Le vieux camelot de White Chapel n'a pas oublié
    la chanson
C'était à Barcelone sur la Rambla il y a longtemps
    déjà
En pleine lumière
derrière un comptoir dans un bazar une fille au
    regard bleu et noir
avec une fragile pipe en terre faisait des bulles
    publicitaires
elle était jeune et belle
aussi jeune aussi belle une autre fille tendait vers elle
un coussin vert
où venaient se poser avant de disparaître en
    éclatant de rire

les petits astres éphémères
Et les deux filles chantaient
elles étaient payées pour le faire

La Reine des éponges
disait au roi Neptune
je donnerais ma fortune
pour un morceau de savon

Et tout le monde riait dans le soleil et le soleil
riait à tout le monde
riait à la jeunesse à la misère à la beauté
riait au voyageur étranger

A Barcelone autrefois
le vieux camelot se rappelle
à Barcelone autrefois le soleil riait comme cela.

A l'ombre de la Chapelle Blanche
dans la jungle de fer de briques et de planches
Un charmeur au regard de mangouste
marchande un cobra
La bête ne fait pas un geste
elle ne sait pas encore si la musique est belle
et ni si elle est belle sur quel pied elle dansera

Elle ne sait même pas si on l'achètera.

... quand soudain un lapin blanc aux yeux roses la frôla en courant.

... mais quand le lapin tira bel et bien une montre de la poche de son gilet: quand il la regarda. quand il pressa le pas: alors Alice sauta sur ses pieds ayant compris, dans un éclair, n'avoir encore jamais vu de lapin, ayant poche de gilet, ni montre à en tirer.

LEWIS CARROLL

Il n'y a rien de mieux sur la terre qu'un animal réussi.

CLAUDE-ANDRÉ PUGET

Il ne voit pas encore très clair
mais les enfants n'ont d'yeux que pour lui
à leur école fraternelle
très vite il apprendra la vie
on lui posera des tas de problèmes dès qu'il saura
parler un peu croquer un os remuer la queue

Petite bête de velours
tu t'appelles Black and White
Petite bête de velours
réponds à mes devinettes

Combien d'heures de travail à ta mère pour te faire
Combien d'heures de travail à mon père pour t'acheter
et combien d'idées dans ta tête
combien d'années dans ton calendrier.

Je dois le reconnaître, d'une façon générale les pauvres ont plus de philosophie que les riches, ils sont prêts à accepter plus rapidement et de meilleure humeur, ce qu'ils considèrent comme des maux inévitables, des pertes irréparables. Toutes les fois que j'en avais l'occasion, que je pouvais le faire sans paraître indiscret, j'entrais dans leurs groupes, donnais mon avis sur le sujet qu'on discutait. Même si cet avis n'était pas judicieux on l'accueillait toujours avec indulgence. Quand les salaires étaient légèrement en hausse, ou quand on s'attendait à les voir augmenter, quand le pain de quatre livres coûtait un peu moins cher, ou quand on annonçait une baisse sur les oignons, j'étais content: et lorsque le contraire venait à se produire je trouvais dans l'opinion le moyen de me consoler.

THOMAS DE QUINCEY

Les Mères sont les balais
qui donnent du lait de Ma Mère

Claude Picasso
30 septembre 1952 9.11.52.

L'âne a mangé la soupe et puis s'est mis à braire
le chien a aboyé
et au loin un coq a chanté

A Londres comme à Brême
les parfaits musiciens agissent de concert pour donner
un peu de couleur locale à la navigation fluviale

Et c'est toujours Neptune qui partout conduit le bal.

Dans les longs voyages, demandez à votre maître la permission de donner de l'ale aux chevaux; portez-en deux quartes pleines à l'écurie, versez-en une demi-pinte dans un bol, et s'ils n'en veulent pas boire, vous et le palefrenier vous ferez de votre mieux : peut-être seront-ils dans une meilleure disposition à l'auberge prochaine; car je ne voudrais pas vous voir jamais manquer de faire l'expérience.

JONATHAN SWIFT

Un fashionable ne possédant ni terre ni meute, mais qui a crédit chez son tailleur, annonce à toutes ses connaissances son départ pour la chasse; il quitte l'hôtel somptueux où il habite dans le West End, dit qu'il sera huit à dix jours absent, et va se cacher dans un hôtel obscur de l'autre extrémité de la ville. Le moment arrivé il s'habille de pied en cap d'un costume de chasse du meilleur goût, monte dans un fiacre et se fait conduire au Splashing-house, où, pour la modique somme de 3 shillings, il se fait éclabousser des pieds à la tête.

Ces établissements ont des boues de tous les comtés, particulièrement de ceux renommés pour la chasse, et sont pourvus en outre d'un cheval de bois.

Le domestique qui remplit les fonctions d'écuyer demande avec le plus grand sérieux : si Monsieur désire revenir de Bucking-hamshire, de Straffordshire, du Derbyshire, de Kent, etc. Lorsque le fashionable a fait son choix, il enfourche l'automate quadrupède : l'ingénieuse mécanique lève les pieds de devant et de derrière, piétine, trotte et envoie à son cavalier

142

autant de boue et avec la même irrégularité que pourrait le faire un véritable cheval courant à travers champs.

L'opération terminée, l'élégant gentleman, une cravache à la main, va se montrer dans Bond Street, Regent Street, Piccadilly, Pall Mall, etc., afin que tous croient qu'il a fait partie d'une superbe chasse.

FLORA TRISTAN, 1842.
Promenades dans Londres

Il y avait une dame avec un cochon.

— *Mon petit miel, dit-elle,*
— *Mon petit porcelet, veux-tu être à moi?*
— *Hunc, fit-il.*

— *Je te bâtirai une étable en argent,*
— *Mon mignon, dit-elle,*
— *Pour que tu puisses t`y allonger mollement.*
— *Hunc, fit-il.*

— *Fermée par un verrou d`argent,*
— *Mon mignon, dit-elle,*
— *Pour que tu puisses entrer et sortir.*
— *Hunc, fit-il.*

— *Quand nous marierons-nous.*
— *Mon mignon? dit-elle.*
— *Hunc, hunc, hunc, fit-il.*
Et là-dessus il partit.

Popular rhyme of England.

*Faire sortir les veaux de l`étable à reculons, lorsqu`ils sont
vendus ou si on les conduit au marché, afin que leurs mères
n`aient pas de chagrin en les voyant partir.*

Des Choses émerveillables.

Quand la terre était toute neuve
la mer lui a tant donné
qu'elle hurle comme une veuve
à qui on aurait tout enlevé.

Chanson des marées d'Equinoxe.

Mais à Limehouse c'est l'été
c'est la chaleur et le confort
ce n'est plus le brouillard c'est le bain de vapeur
c'est Istamboul sur le Bosphore
le soleil de Shangaï caresse l'Ile aux Chiens
c'est l'été et c'est le matin
une enfant arrive à l'école avec une tortue dans les
        mains
une tulipe en exil entre quarante mille briques jette
        un cri de couleur vers le ciel neuf et haut
un jeune infirme fou serrant contre son cœur un roitelet
        blessé galope à cloche-pied vers la Clinique
        aux oiseaux
c'est le matin et c'est l'été
le charbon arrive par la mer
on le laisse un peu reposer
Les charbonniers et les dockers les travailleurs
        de l'électricité
en profitent pour jouer au cricket

145

on dirait qu'ils ont oublié
ils sont si bruyants et si gais
la vieille chanson du quartier

C'est ceux qui fabriquent la lumière
qui vivent dans l'obscurité.

Le fleuve avec la mer le goudron la marée
dans le lit de soleil
dorment à deux pas d'ici

Limehouse Oasis
Là des enfants se baignent
ils ne font aucun bruit
une très belle épave sur le sable est couchée
sur son visage de proue un tatouage est gravé
Tendre prénom de femme à demi effacé

Limehouse Oasis
Douce paresse du matin un instant épargnée
Plaisir merveilleux d'échanger quelques mots
        pour dire des choses heureuses
        par exemple qu'il fait beau
Plaisir de parler de la terre et du feu et de l'air
        et de l'eau

Limehouse Oasis
Le beau temps très flatté qu'on lui dise qu'il est beau
ronronne comme un bon chat quand on lui dit
        qu'il est un bon chat
et sa patte de velours caressant le trottoir
comme avec une souris joue dans le brouillard.

Et le beau temps s'en va traîner ses guêtres dans
     Pennyfields
où les dernières ombres chinoises lui feront fête
En passant par Commercial Road il s'arrête
devant la Route de la Ruine
Oh puérile innocence tremblante ingénuité
autrefois les cordes de chanvre n'étaient pas
     exposées en vitrine
avant de cravater le client

Cela fait sourire le beau temps

Si ces Messieurs du Meilleur Monde
avaient le moindre sens de l'humour
eux aussi pourraient laisser voir
de ravissantes menaces de mort
sur la blanche cravate de leur habit du soir.

Je me promenais à Londres un été
les pieds brûlants et le cœur dans les yeux

c'était un triste jour
de cuivre et de sable
et qui coulait lentement entre les souvenirs
îles désertes orages de poussière
pour les animaux rugissant de colère
qui baissaient la tête
comme vous et comme moi
parce que nous sommes seuls dans cette ville
rouge et noire
où toutes les boutiques sont des épiceries
où les meilleures gens ont les yeux très bleus

il fait chaud et c'est aujourd'hui dimanche
il fait triste
le fleuve est très malheureux
et les habitants sont restés chez eux.

PHILIPPE SOUPAULT

J'aime ce quartier de Londres où l'on peut entendre encore les cris des vendeurs de plumeaux, des rempailleuses de chaises et des marchands de framboises. Le spectacle change à tous les coins de rues : ici, des cymbales attachées aux chevilles, une flûte ajustée au menton, une baguette de tambour fixée à l'épaule, l'homme orchestre s'exténue dans un bruit de ferraille ; là, cet ancien marin se laisse ligoter sur le trottoir et se délivre en moins d'une minute de ses liens. C'est l'heure où les acrobates sans engagement font la roue devant les théâtres, où les chanteurs de psaumes forment des chœurs au milieu de la chaussée, où les aveugles tendent leurs sébiles en geignant : souffrances d'aveugle, Blind's pain. Le brouillard monte de la Tamise, envahit les rues, transforme en fantômes les mendiants qui dessinent à la craie des châteaux de rêve sur l'asphalte.

PAUL GILSON

Charmes de Londres

Dans les bas-fonds de la Tamise
on peut entendre les sirènes
Elles ont toujours leur voix d'enfant

L'Angleterre est une montagne de la mer
Londres est une île de l'Angleterre
entourée d'eau d'herbe et de sang

On peut entendre la voix d'Ann
la merveilleuse et tendre petite prostituée
Tout l'amour de Thomas De Quincey
On peut entendre aussi des filles de Birmingham
        la romance nacrée

Adieu Soleil adieu Citron
le temps nous dévore comme des huîtres
et jette nos perles aux cochons
Jeunes filles des fabriques
avec notre malheur faites de gaies chansons
Jolies filles des fabriques
avec nos vieilles coquilles faites de beaux boutons

Charmes de Londres

Ailleurs on dit qu'il pleut des hallebardes
et ici quand il pleut c'est des chats et des chiens
Refrains du mauvais temps
chaque pays a les siens
ailleurs la nuit toujours les chats sont gris
ici dans le brouillard
les chats noirs sont plus noirs
Celui-là sur son mur
tout à l'heure un peu triste un passant lui parlait
Il lui disait qu'il s'en allait
et qu'il quittait Londres à regret

Charmes de Londres

Il a déjà traversé le décor
et le chat le regarde encore

Charmes de Londres

De ses plus douces rumeurs
la ville accompagne le voyageur à la gare
Ses grands oiseaux de mer ont des gestes d'adieu
comme autant de mouchoirs à l'instant du départ
Et il est très ému de laisser une amie

Charmes de Londres

Bientôt le train s'éloigne et son amie lui crie
Dis bonjour à ta ville
à la ville où tu vis
J'entends parfois son nom comme elle entend le mien
comme on m'appelle Londres on l'appelle Paris
Porte-lui en souvenir les portraits des Petits
ça me ferait plaisir qu'elle m'en envoie aussi
Pour les portraits des grands chez elle
        comme chez moi les journaux en sont pleins

Donne-lui de mes nouvelles
on est si près si loin
Si nous nous connaissions nous nous aimerions bien

Charmes de Londres
Charmes des îles
des grandes îles de la vie.

GRAND BAL DU PRINTEMPS

MARCEL PROUST		10
Pour Izis : *Sur une palissade...*	Dédicace	11
Dans les eaux brèves de l'aurore...		13
Chaque année...		14
Graffiti		16
Tout était désert sur la place du Palais...		17
Un jour...		18
RENÉ CHAR		20
CHARLES BAUDELAIRE		21
Et boulevard Bonne-Nouvelle...		21
CHARLES BAUDELAIRE		22
Des oubliettes de sa tête...		23
Les écrivains publics écrivent à la craie...		25
HERMAN MELVILLE		26
Par l'avenue des Gobelins...		27
Maraîchers d'avant guerres...		29
Tant de saisons heureuses...		30
Au jardin des misères...		31
GÉRARD DE NERVAL		32
Et vous irez traîner vos guêtres...		33
SAINT-EXUPÉRY		34
A force de tirer sur la corde...		35

Suivez le guide suivez le guide...   37

Terrassé par l'injustice...   39

Étranges étrangers...   40

PAUL ÉLUARD   42

Fous de misère...   43

Volets ouverts...   46

Si le chat joue avec la souris...   50

Et ce qu'il voit est si beau...   52

Il y en a qui s'appellent...   53

Un matin...   54

Et les hommes mûrs parlent aux fruits verts...   56

Une enfant tourne le dos au musée des horreurs...   57

A Paris...   58

Tiroirs des chaises...   60

Les gens sont plus gentils...   62

Exilé des vacances...   63

Le peuple fait la fête...   64

Une femme à barbe enceinte...   68

Fille de Mars...   69

HENRI MICHAUX   70

MARIE   71

Son nom bientôt inscrit...   72

Derrière la foire aux pains d'épices...   73

Une chanson si vieille...   74

Chevaux aux yeux bleus et mal peints...   75

Paris est tout petit...   76

Les palmes et les branches...   77

Enfants de la haute ville...   78

L'AVEUGLE DE LA GRANDE SORTIE   79

MOULOUDJI   79

Et puis encore une fois...   79

PHILIPPE SOUPAULT   79

Et l'automne et l'été...   80

CHARMES DE LONDRES

Venus en visite...   85
HUGH LOFTING   87
A marée basse un ressort de sommier...   88
Quand le diable fait la cuisine le bon dieu...   89
Humide été de chair et d'os...   90
Entrée   Entrance...   91
Eau...   93
Tremblantes statues de sang...   95
La force de l'inertie et la détresse acquise...   97
PIERRE MAC ORLAN   98
Déjà...   99
Tout le monde le connaît bien...   100
Toute la mer...   102
Haute en couleur...   103
En passant...   104
Tourneur de ritournelles...   106
Et d'autres dans d'autres rues s'en vont...   108
WILLIAM BLAKE   111
Hyde Park...   112
WILLIAM BLAKE   113
Il n'a plus qu'une seule vie à vivre...   114
Arbres...   115
Oh Folie...   116
Le jardin aussi est abandonné...   117
Chevaux...   118
Émigrants de l'enfance...   120
Câble confidentiel...   122
ROMAIN ROLLAND   123
CHARLIE CHAPLIN   123
FERNAND LÉGER   124
Comme c'était prévu...   125

Un petit mendiant...   127

Et tant pis si ça vous fait rire...   128

JONATHAN SWIFT   129

Quand Sir Jack l'Éventreur...   131

PIERRE MAC ORLAN   133

La reine des éponges...   134

A l'ombre de la Chapelle Blanche...   136

LEWIS CARROLL   137

Il ne voit pas encore très clair...   138

THOMAS DE QUINCEY   139

PABLO PICASSO et CLAUDE   140

L'âne a mangé la soupe...   141

JONATHAN SWIFT   141

FLORA TRISTAN   141

POPULAR RHYME OF ENGLAND   144

DES CHOSES ÉMERVEILLABLES   144

Mais à Limehouse c'est l'été...   145

Et le beau temps s'en va traîner ses guêtres...   147

PHILIPPE SOUPAULT   148

PAUL GILSON   149

Charmes de Londres...   150

DU MÊME AUTEUR

Aux Éditions Gallimard

PAROLES (repris en Folio, n° 762).

DES BÊTES. *Photographies d'Ylla.*

SPECTACLE (repris en Folio, n° 104).

LETTRE DES ÎLES BALADAR. *Avec des dessins d'André François. Nouvelle édition en 1967.*

LA PLUIE ET LE BEAU TEMPS (repris en Folio, n° 90).

HISTOIRES (repris en Folio, n° 119).

FATRAS. *Avec cinquante-sept images composées par l'auteur* (repris en Folio, n° 877).

CHOSES ET AUTRES (repris en Folio, n° 646).

GRAND BAL DU PRINTEMPS, *suivi de* CHARMES DE LONDRES (repris en Folio, n° 1075).

ARBRES. *Illustrations de Georges Ribemont-Dessaignes.*

GUIGNOL. *Illustrations d'Elsa Henriquez.*

LE ROI ET L'OISEAU. *En collaboration avec Paul Grimault.*

SOLEIL DE NUIT. *Édition d'Arnaud Laster avec le concours de Janine Prévert* (repris en Folio, n° 2087).

HEBDROMADAIRES. *En collaboration avec André Pozner*, Folio, n° 522. *Nouvelle édition revue et augmentée d'inédits en 1982.*

COLLAGES. *Textes d'André Pozner. Préface de Philippe Soupault.*

LE PETIT LION. *Photographies d'Ylla.*

LA CINQUIÈME SAISON. *Édition d'Arnaud et Danièle Laster avec le concours de Janine Prévert.*

JENNY — LE QUAI DES BRUMES. *Scénarios.*

LA FLEUR DE L'ÂGE — DRÔLE DE DRAME. *Scénarios.*

LE CRIME DE MONSIEUR LANGE — LES PORTES DE LA NUIT. *Scénarios* (repris en Folio, n° 3033).

ATTENTION AU FAKIR ! *suivi de* TEXTES POUR LA SCÈNE ET L'ÉCRAN.

DÎNER DE TÊTES À PARIS-FRANCE. *Ouvrage conçu et réalisé par Massin.*

CORTÈGE. *Ouvrage conçu et réalisé par Massin.*

Bibliothèque de la Pléiade

ŒUVRES COMPLÈTES, I & II. *Édition de Danièle Gasiglia-Laster et Arnaud Laster.*

Enfantimages

LA PÊCHE À LA BALEINE. *Illustrations de Henri Galeron.*

GUIGNOL. *Illustrations d'Elsa Henriquez.*

PAGE D'ÉCRITURE. *Illustrations de Jacqueline Duhême.* Repris en Folio Benjamin, n° 115.

LE DROMADAIRE MÉCONTENT. *Illustrations d'Elsa Henriquez.* Repris en Folio Benjamin, n° 13, illustrations de Francis Quiquerez.

La Bibliothèque de Benjamin

5 HISTOIRES DE JACQUES PRÉVERT.

Folio Cadet

AU HASARD DES OISEAUX, ET AUTRES POÈMES. *Illustrations de Jacqueline Duhême, n° 276.*

CONTES POUR ENFANTS PAS SAGES. *Illustrations d'Elsa Henriquez, n° 181.*

Folio Benjamin

EN SORTANT DE L'ÉCOLE. *Illustrations de Jacqueline Duhême, n° 114.*

HISTOIRE DU CHEVAL. *Illustrations d'Elsa Henriquez-Savitry, n° 116.*

CHANSON POUR CHANTER À TUE-TÊTE ET À CLOCHE-PIED. *Illustrations de Marie Gard, n° 120.*

CHANSON DES CIREURS DE SOULIERS. *Illustrations de Marie Gard, n° 132.*

L'OPÉRA DE LA LUNE. *Illustrations de Jacqueline Duhême, n° 141.*

LE GARDIEN DU PHARE AIME TROP LES OISEAUX. *Illustrations de Jacqueline Duhême, n° 180.*

CHANSON DES ESCARGOTS QUI VONT À L'ENTERREMENT. *Illustrations de Jacqueline Duhême, n° 198.*

LE CANCRE. *Illustrations de Jacqueline Duhême, n° 219.*

CHANSON POUR LES ENFANTS L'HIVER. LES PRODIGES DE LA LIBERTÉ. *Illustrations de Jacqueline Duhême, n° 243.*

Folio Junior

CONTES POUR ENFANTS PAS SAGES. *Illustrations d'Elsa Henriquez, n° 21.*

LETTRE DES ÎLES BALADAR. *Illustrations d'André François, n° 25.*

JACQUES PRÉVERT UN POÈTE. Folio Junior en Poésie, *n° 857.*

Album Jeunesse

PROSPER AUX ENFERS. *Illustrations de Jacqueline Duhême.*

Impression Bussière Camedan Imprimeries
à Saint-Amand (Cher),
le 21 décembre 2000.
Dépôt légal : décembre 2000.
1ᵉʳ dépôt légal dans la collection : décembre 1978.
Numéro d'imprimeur : 005796/1.
ISBN 2-07-037075-5./Imprimé en France.

99748